JULES RENARD

LA MAÎTRESSE

PARIS
LES ÉDITIONS G. CRÈS ET Cie
21, RUE HAUTEFEUILLE

MCMXXVII

3e édition.

LA MAÎTRESSE

JULES RENARD

LA MAÎTRESSE

PARIS
LES ÉDITIONS G. CRÈS ET Cie
21, RUE HAUTEFEUILLE

MCMXXVII

POUR PARLER

I

RÉTICENCES

MAURICE

Comme je vous embrasserai !

BLANCHE

Mon pauvre ami, ce qui nous arrive me désole, et je jure que je ne m'y attendais pas. Je ne voyais en vous qu'un garçon bien élevé, bon danseur, causeur agréable, mais sceptique. Je me disais :

— Il n'aimera jamais personne.

Sans penser à mal, je vous demandais de me reconduire et voici que, tout à coup, vous m'aimez, vous souffrez et vous me faites souffrir. Oh ! je m'en veux. J'ai été imprudente. Comment sortir de là ?

MAURICE

Nous sommes à peine entrés. Pourquoi vous débattre? C'est si simple que vous m'aimiez et que je vous aime.

BLANCHE

D'abord je n'ai pas dit que je vous aimais. Non, je ne l'ai pas dit. J'ai seulement dit que vous me plaisiez autant qu'un autre.

MAURICE

Vous vous reprenez vainement, trop tard. Moi je répète que je vous aime et vous aimerai autant que possible, tout mon saoul, et je vous défierai de rester froide. Comme vous devez être bonne à embrasser !

BLANCHE

Vous arrangez les choses tout seul.

Mais rien n'est convenu. Si, pour ne point vous peiner, j'ai dit un mot de trop, je le regrette et vous fais mes excuses.

MAURICE

Je n'en veux pas. Je garde le mot de trop. Ne vous défendez donc plus. Ça froisse et on perd du temps.

BLANCHE

Je lutte encore. J'ai mes raisons. Vous êtes tellement jeune! plus jeune que moi. Quel âge avez-vous, au juste?

MAURICE

Un homme est toujours plus vieux qu'une femme.

BLANCHE

Vous m'aimez maintenant. Je le crois. J'admets que je vous aime. Ce sera sans doute un caprice pour vous, et pour moi toute une affaire grave. Combien de temps ça durera-t-il ?

MAURICE

Vous désirez le savoir exactement, à une heure près ?

BLANCHE

Plaisantez. Je ne ris pas. Il s'agit peut-être de ma dernière passion. J'ai le droit de réfléchir.

MAURICE

On dirait que vous parlez d'un embarquement. Chère belle femme, je vous aimerai dix ans ou dix jours, sans tenir compte des promesses. Certes, j'ai l'intention de vous aimer toute votre vie. Mais ça dépend beaucoup de vous. Rendez-moi heureux, au plus vite, tout de suite, et si vous me rendez bien, bien heureux, je me laisserai retenir, et je prolongerai volontiers mon bonheur jusqu'à la mort.

BLANCHE

Quel malheur ! Vous m'effrayez et vous m'attirez. J'en pleurerais. Qu'avais-je besoin de vous connaître ? J'étais tranquille. Me voilà brisée.

MAURICE

Voulez-vous vous asseoir un peu ?

BLANCHE

Croyez-vous qu'on puisse s'asseoir sans danger, sur un banc, à une heure du matin ?

MAURICE

Nous ne ferons pas de bruit.

II

LE NEZ DU GOUVERNEMENT

Blanche s'assied, inquiète, et regarde autour d'elle. Personne. A peine assis, ils se sentent gênés. Maurice n'ose pas « toucher » déjà, en le faisant exprès. Les branches minces remuent dans l'air doux. On distingue là-bas des monuments de Paris.

BLANCHE

Oh ! ces deux ombres ! Allons-nous-en. Si elles nous attaquaient.

MAURICE

Ce sont deux sergents de ville.

BLANCHE

Pourquoi s'approchent-ils ?

MAURICE

Pour voir si nous nous endormons sur le banc.

BLANCHE

On n'a donc pas le droit de dormir sur un banc ?

MAURICE

Non, ça fait du tort aux hôtels meublés et ça encourage l'assassinat.

BLANCHE

Marchons. Les deux ombres nous suivent-elles ? J'ai peur du gouvernement.

MAURICE

Quelle idée ! Vous connaissez le gouvernement ?

BLANCHE

Qui sait ? J'ai, comme tout le monde, des ennemis. L'un d'eux peut être intime avec le préfet de police et me faire espionner.

MAURICE

Vous dites cela sans rire. Vous n'êtes donc pas libre ?

BLANCHE

Si, de cœur, mais ne m'aliénez point le gouvernement.

MAURICE

Entendu. Je comprends toutes les faiblesses. Où faut-il que je vous ramène ?

BLANCHE

A ma porte, s'il vous plaît.

MAURICE

Encore un bout de promenade ?

Blanche veut bien ; et ils tournent une fois de plus autour de la maison où elle habite. La régularité de leur marche permet à Maurice de « toucher » maintenant, sans qu'il y ait effronterie de sa part. Ils vont au pas, la jambe droite de Blanche collée à la jambe gauche de Maurice, au point qu'un instant elles font frein, et qu'ils s'arrêtent, souriants, les yeux dans les yeux, serrés, en effervescence, tout raides.

III

PHÉNOMÈNES CONNUS

MAURICE

Dites-moi que vous m'aimez.

BLANCHE

Oui, là, êtes-vous content ?

MAURICE

Absolument, oh ! absolument !

Maurice accablé, soudain pressé d'être seul avec sa joie, conduit Blanche en hâte vers la porte et tire violemment la sonnette.

MAURICE

Quand vous reverrai-je ?

BLANCHE

Je suis une femme franche, incapable de vous tourmenter par coquetterie. Ces promenades de nuit m'énervent et vous fatiguent. Accordez-m'en une dernière demain soir et nous les supprimerons.

MAURICE

Vous tenez beaucoup à la dernière ?

BLANCHE

Beaucoup. J'ai plusieurs questions à vous poser et quelques petites confidences à vous faire.

MAURICE

Si elles doivent m'attrister, j'aimerais autant ne rien savoir. Vous seriez vilaine de me chagriner pour votre plaisir. Les ennuis m'assomment. Épargnez-moi le plus de peine possible.

BLANCHE

Rassurez-vous. Je ne désire qu'une seule causerie amicale où s'allégeront votre cœur et le mien.

MAURICE

Ainsi on se promènera encore demain soir. Et après ?

BLANCHE

Après ! vous êtes homme, mon ami ; remplissez le rôle d'un homme. Je m'en rapporte à votre galanterie. Achevez discrètement les préparatifs suprêmes.

A ces mots la porte s'ouvre, puis se ferme et Maurice reste dans la rue. Quand son amie est là, il l'aime sans pouvoir préciser de quelle sorte d'amour. Il la voit de trop près, et se cogne, aveuglé, contre elle.

Mais quand elle n'est pas là, il sait comment il l'aime.

Il meut, à sa volonté, l'image nette et pleine de Blanche qui, docile, recule, avance, et tourne,

et luit d'un tel éclat que murs et trottoirs s'en illuminent.

Tandis qu'il s'éloigne, Blanche, qui glisse à son côté, embellit, devient meilleure et plus tendre. Ses yeux ne regardent que lui. Elle lui parle sans cesse, avec des mots également sonores, dont aucun ne choque, et ses lèvres ne font que sourire.

Pourtant, malgré le plaisir de goûter seul son sentiment, d'en jouir avec égoïsme, Maurice préférerait que son amie fût toujours là, à cause des légers profits.

LA VEILLE

I

LE COCHER

Blanche et Maurice ont pris une voiture pour aller au bois. Le cocher suit ses rues à lui. Fréquemment il descend de son siège, entre chez un marchand de vin et boit quelque chose sur le comptoir, sans se presser. Pleins d'indulgence, les amoureux l'attendent et Blanche lui trouve une bonne tête. Qu'il ait sa joie ! Ils en ont tant.

Brusquement le cocher sangle de coups de fouet son cheval qui part, tête baissée, comme si la voiture courait à la bataille, culbuter des voitures ennemies.

MAURICE

Allez, cocher, renversez, tuez des gens. Mon amie ne crie point. Elle m'a saisi la main, et si nous nous appuyons du dos au fiacre pour le retenir, c'est machinalement, sans épouvante, car, à cette heure de notre vie, un accident ne peut pas, n'a pas le droit d'arriver.

Le fiacre franchit des obstacles, disperse des piétons aux épaules rondes, et les lumières, lancées comme des boules de feu, éclatent sur ses vitres et s'éteignent.

MAURICE

Qu'est-ce que cela nous fait ? nous en verrions d'autres.

Mais tout s'arrête. Le cocher ouvre la portière et dit : — Descendez.

MAURICE

Vous voulez que nous descendions ?

LE COCHER

Oui, j'en ai assez, moi; je ne bouge plus.

MAURICE

A la bonne heure ! vous parlez clair. Mais où sommes-nous ?

LE COCHER

Dans du bois.

MAURICE

Dans le bois de Boulogne, sans doute ?

LE COCHER

Ça se peut. Je m'en fiche. Videz les lieux.

BLANCHE

Ne le contrariez pas.

MAURICE

Je m'en garderais. Il me plaît, ce cocher carré. Homme d'action, veuillez accepter le prix mérité de votre course, avec ce modeste pourboire. Je vous gâte selon mes moyens. Éloignez-vous en paix et au plaisir de recourir ensemble.

BLANCHE

Avez-vous retenu son numéro ?

MAURICE

A quoi me servirait-il ? Me croyez-vous offensé ? Près de vous, je supporterais toute injure et demain j'aurai oublié. On respire.

BLANCHE

Oui, il fait léger. Mais où sommes-nous donc ? Je ne me reconnais pas. On n'aperçoit que de rares lanternes.

MAURICE

Elles me semblent trop nombreuses. Je voudrais autour de vous une nuit sans étoiles où je ne verrais pas plus loin que votre profil.

BLANCHE

Je frissonne !

MAURICE

Ah ! vous hésiteriez encore à me suivre au bout du monde. Mais Paris est là, derrière, distant d'une enjambée. Notre cocher délicat nous a posés dans un endroit choisi. Les cochers parisiens savent quel décor plaît aux amants.

II

LE COCHER, LE MÊME

BLANCHE

Qu'est-ce qu'on entend ? Entendez-vous ? On dirait un bœuf échappé ?

En effet, un galop lourd frappe la terre. Leur cocher surgit devant eux et droit sur ses sabots, vilain à voir, il brandit son fouet et hurle :
— Il me faut encore vingt sous.

MAURICE

Il vous les faut absolument ? Pourquoi ?

LE COCHER

Fortifications.

MAURICE

C'est une raison. Je m'incline.

LE COCHER

Point de raisons. Dépêchons.

MAURICE

Et si je ne donne rien ?

LE COCHER

Je tape.

MAURICE

Parfait. Les voilà, mon brave. Je n'ai rien à vous refuser. Vous ne m'ennuyez pas comme vous l'espérez. Je jure qu'aujourd'hui personne ne se vantera de me démonter.

BLANCHE

Il s'éloigne en ricanant. Vrai ! quelle succession d'incidents ridicules. J'ai le cœur à l'envers. Dieu, que cet homme est bête !

MAURICE

Pas si bête. Plutôt sûr de ses droits et un peu vif. Je lui pardonne. Je pardonnerais au criminel rouge de mon sang. Une bonté intarissable ne vous gonfle-t-elle pas comme moi ?

BLANCHE

Ma foi non. Ma promenade est gâtée.

MAURICE

Otez-en les taches et savourez ce qui reste de délicieux. Moi je serrerais dans mes bras la nature entière.

BLANCHE

Je ne me sens plus en train. Je me promettais de l'agrément. Mais cette nuit où nous marchons à tâtons, ces bruits confus qui montent de partout et ces ombres murmurantes qui se croisent, tout m'agace.

MAURICE

Voyons, ma chère Blanche.

III

ÉCHANGE DE PETITS NOMS

BLANCHE

Tiens, pourquoi m'appelez-vous Blanche? Ce n'est pas mon petit nom. Je m'appelle....

MAURICE

Chut! Je veux vous donner ce nom de Blanche, précisément parce qu'il ne vous a jamais servi et qu'il vous viendra de moi.

BLANCHE

Quelle cocasserie! souvent il me semblera que c'est à une autre que vous parlez.

MAURICE

Je dirai le nom de si près que vous ne vous y tromperez pas.

BLANCHE

Au moins, ce nom nouveau pour moi, l'est-il pour vous?

MAURICE

Méchante! faut-il que j'en cherche un autre?

BLANCHE

Inutile. Il me va. Mais pourquoi lui plutôt que Madeleine, par exemple? Où l'avez-vous pris?

MAURICE

C'est un nom tombé du ciel de là-haut, dans notre ciel d'ici-bas.

BLANCHE

Ah! vous me paraissez un fier original.

Enfin, je tâcherai de mettre mon vrai nom dans ma poche et mon mouchoir, avec une corne, par-dessus. Quand j'attendrai votre visite, je me répéterai, ainsi que les enfants qui craignent d'oublier une commission : Je m'appelle Blanche, je m'appelle Blanche, je m'appelle Blanche.

Mais cessons ces gamineries et parlons sérieusement.

MAURICE

Laissez-moi m'installer auparavant. Donnez votre main droite dans ma main droite et ne vous occupez point de ce que fera ma main gauche. Elle soutiendra votre taille; elle se distraira, et quand vous me direz des mots cruels, par ses trouvailles de voyageuse elle me consolera.

BLANCHE

Écoutez-moi attentivement, Maurice.

MAURICE

Vous vous en tenez à Maurice?

BLANCHE

Oh! Je n'ai pas votre imagination. J'aime autant ce nom qu'un autre.

MAURICE

Il y a une foule de choses que vous aimez « autant qu'une autre ».

BLANCHE

Si vous continuez, je m'en vais.

MAURICE

Pardon! Je tremble à mon tour. Qu'allez-vous me dire?

IV

AVANT TOUT, LA PAIX

BLANCHE

Voici. Je veux bien vous aimer, quelque temps, longtemps, oui, toujours. Je consens à devenir votre maîtresse, une excellente maîtresse, mais je ne serai pas heureuse si je ne suis pas tranquille. Promettez-moi de m'aimer paisiblement, ou rompons tout de suite. Je me connais : à la première dispute, vous me sembleriez étranger. Il y va de ma santé. Mon médecin m'ordonne le repos. Au moindre trouble, je ne mange plus, et j'ai des migraines tellement violentes, que j'évite jusqu'à la chaleur du lit. Bref, plutôt que d'aimer et d'être aimée en état de guerre, je préfère ne pas être aimée et ne pas aimer.

MAURICE

Je partage vos goûts, Blanche. Je ne prévois d'ailleurs aucun motif de scène entre nous.

BLANCHE

Erreur. Il y en a. Comme vous êtes jeune ! Il y a d'abord mon passé. L'acceptez-vous ?

V

LE PASSÉ

MAURICE

Je ne le connais point, mais je l'accepte les yeux fermés, s'il n'empiète pas sur le présent.

BLANCHE

Il ressemble à la moyenne des passés. J'étais libre d'avoir des affections. J'en ai eu, sans me priver.

MAURICE

Combien, à peu près ?

BLANCHE

Je ne sais trop, trois ou quatre. La dernière seule doit compter.

MAURICE

Elle compte toujours ?

BLANCHE

Non, il a mal agi. Je ne l'aime plus.

MAURICE

Depuis quand ?

BLANCHE

Depuis longtemps, quoique je vienne seulement de casser la corde usée. Il est parti. Il peut tenter de reprendre sa place, mais il l'a perdue définitivement. S'il ne se conduisait pas en galant homme, auriez-vous l'énergie de le mépriser ? Ah ! vous détournez la tête.

MAURICE

Je cherche une bouffée d'air pur.

BLANCHE

Mon ami, il est encore temps. Voulez-vous que nous nous serrions la main, en camarades, pour nous séparer ?

MAURICE

En vérité, l'étalage de votre franchise me stupéfie. Faut-il donc vous confesser ?

BLANCHE

Il le faut, afin que plus tard vous ne multipliiez pas vos questions. Les amants quittés se vengent sans le savoir. Ils ne nous tirent point par les pieds, mais nous les tirons nous-mêmes de l'oubli et les excitons à nous tourmenter. Je veux votre serment. Vous ne me parlerez jamais de ce monsieur ?

MAURICE

Jamais. Pour l'instant, qu'il se dispense de nous déranger.

BLANCHE

Vous êtes fort à l'épée ?

MAURICE

J'en ai fait, comme tout le monde, au régiment.

BLANCHE

Vous me rassurez. Et que craindrions-nous ? L'homme qui se conduit mal avec une femme est un lâche. Ne pensons plus au monsieur.

MAURICE

Je ne demande pas mieux. Est-ce tout ? puis-je commencer de vous baiser les cheveux ?

BLANCHE

Attendez.

MAURICE

Ah ! femme méticuleuse, vous gardez votre tête, quand vous prêtez votre cœur.

VI

D'OU VIENT L'ARGENT?

BLANCHE

Maurice, on ne vit pas de l'air du temps.

MAURICE

Blanche, les nations l'affirment.

BLANCHE

Elles disent aussi : Une chaumière et un cœur. Or j'accepte le cœur, je refuse la chaumière. Donnez-moi un palais, si vous pouvez, tout au moins un logement confortable. La misère m'épouvante. Je ne sais rien faire de mes dix doigts que des caresses, et je ne mange avec appétit que le pain tout trouvé. Je veux être garantie longtemps d'avance contre la faim à venir et je n'imagine pas de plus cruelles tortures que celles de l'estomac. Certes, je goûte la belle poésie à mes moments perdus, mais il me faut quelques heures par jour de prose fortifiante.

MAURICE

Et vous vous sentez incapable de supporter la pauvreté avec moi?

BLANCHE

Incapable. Ne vous mettez pas dans la tête des idées de l'autre monde. Restons sur celui-ci. Vos discours élevés ne me feraient point sourire au malheur. Je suis une pauvre femme paresseuse, et depuis mon âge le plus tendre je n'ai manqué de rien. Gardez-vous de compter sur ma vaillance, en cas d'infortune. D'ailleurs je n'exige que le nécessaire.

MAURICE

Blanche, vous l'aurez. Un doute m'offenserait.

BLANCHE

Vous savez bien que vous n'êtes pas riche.

MAURICE

Je gagnerai ma vie. J'utiliserai mon instruction, évidemment reçue dans ce but.

BLANCHE

Loin de moi la pensée de vous décourager, mon ami. Mettez-vous à la besogne. Embrassez des carrières. Un homme s'arrange toujours. Gagnez votre vie. Mais qui gagnera la mienne ?

MAURICE

Dame ! nous partagerons.

BLANCHE

Nous partagerons vos deux mille

quatre ! Généreux Maurice ! je touche à cette question brûlante parce que je suis plus raisonnable que vous. A l'instant vous le disiez : j'ai de l'ordre. Mes précautions sont prises et ma vie gagnée. Ne vous occupez que de la vôtre. Seulement, il me fallait encore, quitte à blesser votre amour-propre, écarter ce second motif de guerre. Soyez sage. Faites un nouvel effort et promettez-moi de ne jamais me demander *d'où vient l'argent.*

MAURICE

C'est drôle. Je voudrais m'indigner et je ne peux pas. Vous me désarçonnez.

BLANCHE

Mon ami, vous vous lamenteriez plus tard. Mieux vaut en finir. Ces aiguilles, que j'ai l'air de vous enfoncer par méchanceté dans la chair, s'y dissoudront à votre insu. Il paraît que même physiquement ça peut arriver.

MAURICE

Sans doute que pour y aider vous me donnerez de l'argent !

BLANCHE

Oh ! les bêtises recommencent ! De grâce, ménagez vos sarcasmes. A quoi vous sert d'être intelligent, si vous ne comprenez pas la vie. Je ne vous donnerai rien et vous ne me donnerez rien. Parfois vous me ferez cadeau du chiffon qui me plaira. Ce sera bien plus gentil. Je me charge du reste.

MAURICE

Enfin, si je ne paie ce reste, qui le paiera ?.

BLANCHE

De quoi vous mêlez-vous ? Qui m'empêche d'avoir de la famille, une tante et même des rentes ?

MAURICE

Ou un autre amant.

BLANCHE

Ou un autre amant, comme vous dites. Croyez-le, ne le croyez pas, et décidez. Allez-vous-en ou restez. J'abandonne maintenant le droit de vous retenir, pour garder celui de dédaigner ensuite tout reproche. Je me suis mise à l'abri du besoin. Comment ? Je ne dois de compte à personne. Vous criez haut votre indépendance et un faible courant d'air vous enroue. Moins vous avez d'argent, les hommes, plus l'argent vous domine. Les femmes en veulent, en trouvent et s'en moquent.

MAURICE

Quant à ma dignité, à mon honneur...

BLANCHE

L'honneur de qui, le vôtre ou le mien ? Lequel des deux, je vous prie, court, en ce moment, le plus grand risque? Les deux se valent. J'immole ma part sans tant de regrets. Imitez-moi. Vous voulez être aimé, méritez qu'on vous aime.

MAURICE

Tenez, Blanche, vous feriez mieux d'ouvrir votre corsage. J'y coucherais ma tête. Le parfum de votre peau me griserait, et je perdrais insensiblement la notion des nuances.

BLANCHE

Voilà, mon ami, respirez.

VII

LA QUESTION DES ENFANTS

MAURICE

Je relève une tête ivre et lourde, Blanche. Vous pouvez me demander d'autres sacrifices.

BLANCHE

Je cesse de vous affliger, Maurice. Il ne reste qu'un détail sans importance à régler. Il est bien entendu que nous n'aurons pas d'enfants.

MAURICE

Comme il vous plaira, Blanche. Moi je n'y tiens guère. D'ailleurs, si vous changez d'avis plus tard, il sera toujours temps. Jeunes et sains, nous aurons des enfants quand nous voudrons.

BLANCHE

Sûrement, mais je n'en voudrai point. On lit l'honnêteté sur votre visage. Vous ne manqueriez pas à votre devoir, et si j'étais rusée, je vous attacherais à moi pour la vie, avec un enfant. Ce moyen me répugne, et puis ça abîme trop.

MAURICE

Bon, je n'insiste plus. Je vous le répète, ça m'est égal.

BLANCHE

Nous n'aurons donc jamais d'enfants. Mais les plus malins se trompent. Comment vous y prendrez-vous ?

MAURICE

Ne vous inquiétez point. Le progrès n'est pas un vain mot. La science a marché.

BLANCHE

Vous en savez plus long que moi, pauvre ignorante. Je me livre à vos soins dévoués. Mais je vous préviens que si vous vous trompez, au premier symptôme, je risque un accident, la mort même.

MAURICE

Nous n'en viendrons pas là, ou je serais fort étonné.

BLANCHE

Ne négligez aucune précaution.

MAURICE

Je réponds de tout.

BLANCHE

Ouf ! j'ai fini. Quelle heure est-il ?

MAURICE

Attendez que j'allume une allumette. Onze heures.

BLANCHE

Comme je bavarde. Nous marchons depuis longtemps. Nous avons dû faire beaucoup de chemin.

MAURICE

Oui, en rond. Nous tournons autour d'un bouquet d'arbres.

BLANCHE

Puisqu'on ne voit rien, inutile d'avancer, et il vaut mieux ne pas s'égarer, bien que je n'aie plus peur. Moi qui déteste la marche, à votre bras, cher Maurice, je ne sens aucune fatigue. Ma confession me soulage et diminue le poids de mon corps. C'est curieux comme le moral influe sur le physique.

MAURICE

Et réciproquement.

VIII

SCRUPULES

BLANCHE

Désormais, Maurice, nous n'aurions qu'à nous aimer sans arrière-pensée. Ne vous faites-vous pas trop d'illusions? Je n'ai plus vingt ans. Oh! que ne me connaissiez-vous à cet âge! J'étais une belle fille, élastique et neuve, et prête à concourir avec des chances de remporter le prix. Hélas! je crains d'avoir un peu perdu.

MAURICE

Vous vous calomniez, Blanche. Nous verrons bien.

BLANCHE

Quand vous m'examinez d'un œil

scrutateur, je me sens mal à l'aise. Je me figure qu'au travers de mes vêtements, vous m'étudiez portion par portion.

MAURICE

Si vous le désirez, je me précipiterai les yeux bouchés.

BLANCHE

Un homme est assez beau, pourvu qu'il ait tous ses membres, et son regard change en ornière une ride de femme. J'en avoue plus d'une. Ne me supposez point parfaite.

MAURICE

Vous vous noircissez en vain. Je vous devine irréprochable, et je n'arrive pas à croire que vous faites déjà des plis.

BLANCHE

Moi, non, mais (et je ne dis pas cela pour dire des énormités) une de mes amies a comme un tablier de cuir au bas du ventre. Enfin, si vous êtes un peu déçu, dissimulez-le généreusement.

MAURICE

Voulez-vous vous taire, coquette, ou parlez-vous de la sorte, afin qu'à mon tour je réclame votre indulgence, car la surexcitation où vous m'avez amené m'épuise. Naturellement, je passe presque toutes mes nuits blanches. Quel amoureux y résisterait? Je n'ai rien d'un bœuf en fonte. Le moment venu, me conduirai-je comme un autre homme? Serai-je à la hauteur?

BLANCHE

Ah! ah! laissez-moi rire de bon cœur, Maurice. Ces petites transes nous honorent l'un et l'autre. Elles prouvent notre loyauté. De cette façon aucun des deux ne sera volé. Quelle chance de pouvoir s'entendre! Les autres ne s'entendent pas comme nous.

MAURICE

Aussi que de mauvais ménages.

BLANCHE

Maurice, je te récompenserai.

MAURICE

Elle est gentille, gentille, gentille...

IX

L'ALERTE

Maurice ne dit pas ces mots pour la flatter, car, depuis un instant, il ne l'écoute plus. Il écoute des feuilles qui semblent régler leur froissement sur sa marche. Elles se taisent quand il s'arrête, et quand il repart, aussitôt elles craquent.

C'est sûr que quelqu'un de mal intentionné suit le couple à travers les arbres, en se cachant. Et Blanche qui, tout à l'heure, s'effrayait sans raison, parle haut maintenant, laisse éclater une joie innocente, ne soupçonne rien et gourmande Maurice.

BLANCHE

Qu'avez-vous qui vous absorbe?

MAURICE

Ne vous occupez pas de moi. Continuez à parler.

BLANCHE

J'ai même envie de chanter, mais accompagnez-moi.

MAURICE

Ah ! taisez-vous donc.

BLANCHE

Vous m'écrasez le poignet. Mon Dieu ! que se passe-t-il ?

Il se passe que des branches déplacées ont fouetté le visage de Maurice et qu'un ennemi va s'élancer des arbres. Maurice tire son couteau, le brandit, et s'écrie d'une voix frémissante : — Qui va là ? Qui va là ?

BLANCHE

Il est fou ! Le voilà fou ! Lâchez-moi ! Ne me tuez pas ! Au secours !

MAURICE

Arrêtez-vous, Madame. Où fuyez-vous ? Restez près de moi afin que je vous protège.

BLANCHE

Monsieur, fermez d'abord votre couteau et rentrez-le. Qu'y a-t-il ? Qu'avez-vous vu ?

MAURICE

Je n'ai rien vu. J'ai deviné qu'un rôdeur nous épiait, nous suivait pas à pas, pour nous voler, sans doute, tandis que nous causions intimement. J'ai crié quand je l'ai senti trop près. Il s'est sauvé.

BLANCHE

Bien vrai ? Ce n'était pas sur moi que vous leviez votre couteau ?

MAURICE

Bon ! vous me preniez pour un assassin.

BLANCHE

Oh ! j'ai cru que vous perdiez la raison et que ma dernière heure sonnait.

Vous aviez une attitude terrible. Deux yeux flamboyants vous sortaient de la tête et votre couteau projetait des éclairs.

MAURICE

A ce point? Je comprends que le rôdeur ait disparu.

BLANCHE

Mon ami, ce n'est pas un rôdeur; c'est le gouvernement.

MAURICE

Encore!

BLANCHE

Oui, oui. Cette fois, c'est lui.

MAURICE

A votre tour, vous déraisonnez. Qu'entendez-vous par ce gouvernement flairant notre piste, à cette heure, en pareil lieu?

BLANCHE

Je vous dis que c'est lui. Courons du côté des lumières.

MAURICE

Vous attraperez du mal. Vos joues sont moites. Vous tremblez sur vos jambes. Ralentissons. Je vous affirme que le gouvernement dort et que le rôdeur est loin. Il n'y a plus aucun danger. J'ai été volé cent fois ainsi. On cause, on s'assied, et, doucement, une main se glisse dans votre poche, retire un porte-monnaie et s'esquive.

A part ça, les rôdeurs sont de braves gens et ne tuent personne. La série d'incidents ridicules continue. Espérons qu'elle touche à sa fin et calmez-vous.

BLANCHE

C'est vous qui m'avez entraînée dans ce bois. Je jure bien de n'y plus revenir.

MAURICE

Je suis d'avis qu'il vaudrait mieux rester chez nous.

BLANCHE

Chacun chez soi. J'éviterais ces sottes émotions qui me vieillissent.

MAURICE

Heureusement, nous voici au milieu des lumières. Elles emplissent nos yeux et nos cœurs. Elles nous raniment. Ne demeurez pas défiante Souriez.

BLANCHE

Oui, je sourirai, dans un instant. L'effet de la secousse persiste. Savez-vous que pour vous échapper, j'ai sauté des bancs, troué des broussailles, bondi par-dessus un tronc d'arbre abattu? Je ne me croyais plus si leste et je m'étonne d'être vivante; laissez-moi souffler, laissez-moi avoir peur encore un petit peu.

LE CONTACT

I

INVENTAIRE

Rouge sous sa voilette comme la doublure du petit sac qu'elle porte à la main, Blanche entre dans la chambre de Maurice.

BLANCHE

Ah ! il faut vous aimer ! J'ai cru que le patron de l'hôtel allait m'arrêter, quand je suis passée devant la loge, sans rien dire. Dans le couloir, je marchais comme au bord d'un trou. Les numéros ne se suivent pas, et mes gants frottés contre le mur sont pleins de crasse.

MAURICE

Chère amie ! De temps en temps,

j'ouvrais la porte pour vous guetter, vous prendre par la main. Je venais de la fermer. Je ne vous entendais pas. Vous marchiez si doucement. Enfin je vous ai manquée. C'est toujours ainsi que ça se passe. Mais vous voilà. Défaites-vous. Otez votre manteau, votre chapeau. Comment vous portez-vous ? Avez-vous froid ! Voulez-vous que j'allume du feu ? Il est tout prêt. Je n'ai qu'à mettre une allumette.

BLANCHE

Oh ! non, j'étouffe assez.

MAURICE

Voulez-vous prendre quelque chose, un verre d'eau sucrée avec du cognac dedans ?

BLANCHE

Non, je n'ai pas soif. Je voudrais seulement m'asseoir.

MAURICE

Tenez, dans mon fauteuil. Vous serez mieux que sur une chaise. Vous regardez ma chambre?..

BLANCHE

Oui. Elle paraît un peu petite.

MAURICE

Pour trente francs par mois, dans ce quartier, c'est tout ce qu'on trouve : une table, deux chaises, un lit. Le lit est très bon.

BLANCHE

Jamais je n'avais vu une chambre de garçon. C'est drôle.

MAURICE

C'est drôle à voir une fois. On s'y habitue.

BLANCHE

Les dessins de vos rideaux me réjouissent. Là, on dirait un homme qui bêche.

MAURICE

Vous vous trompez. Il passe une rivière, dans un bateau. La bêche, c'est un bateau.

BLANCHE

Je distingue mal. J'ai trop chaud. J'ai de la buée sur les yeux. Votre pendule va bien.

MAURICE

Elle n'est pas à moi. Elle appartient à l'hôtel et elle va quand je la remonte, rarement. Elle marcherait si je voulais, mais son tic-tac m'étourdit. Il me semble être en moi, partir de mon cœur, comme si j'avais une forte fièvre.

BLANCHE

Cette porte donne dans votre cabinet de toilette ?

MAURICE

Non, elle donne dans la chambre de mon voisin, ou plutôt de mes voisins, car j'en ai un nouveau presque chaque nuit. La chambre n'est pas louée au mois. Cela a son bon et son mauvais côté. En général, mes voisins tantôt sont tranquilles et tantôt font du bruit, ce qui donne une moyenne supportable. Au contraire, si j'avais un voisin inamovible, nous chercherions sans doute à nous lier, et on ne sait jamais sur qui on tombe. Je préfère ma solitude. Quant à mon cabinet de toilette, il est dans ce coin, le long du mur, derrière la chaise. On change la serviette à ma discrétion.

BLANCHE

Et les autres?

MAURICE

Sur le palier, communs à l'étage. Il suffit de pousser.

BLANCHE

Bien teuns?

MAURICE

Aucun excès. Comme pour la surveillance des squares, on s'en rapporte au public. Du reste, j'y fréquente peu. Dans le jour, j'ai le café, le restaurant, les maisons d'amis où l'on m'invite à dîner, et dans la nuit, je ne me dérange jamais.

BLANCHE

Vous pourriez être malade.

MAURICE

Je n'y tiens guère.

BLANCHE

Personne n'y tient.

MAURICE

J'aurais l'hôpital.

BLANCHE

Ne prononcez pas ce mot. Il sent la farine de lin. On sait quand on entre à l'hôpital, on ne sait plus quand on en sort. Ainsi, aucune parente ne vous soignerait dans votre chambre, ni une mère, ni une sœur. Je suis contente qu'on me laisse ce beau rôle. Je ne vous abandonnerai pas, moi, et j'ai la réputation d'une patiente garde-malade, douce pour ceux que j'aime, s'entend, car les autres me dégoûtent.

MAURICE

Vous êtes une charmante femme, Blanche, et si j'ai quelque petite maladie à faire, je tâcherai de profiter du temps que durera notre amour.

BLANCHE

Toujours, Maurice, toujours.

II

LA PATRONNE

BLANCHE

Vous n'avez jamais reçu de femme ici ?

MAURICE

Blanche, vous êtes la première. La patronne même de l'hôtel n'y entre que pour le service. Quand elle m'aime, elle reste discrètement dehors. Voici comment les choses se passent : Je sais que son mari est parti. Je prends un livre, de préférence un livre de vers, sinon un livre de prose que je découpe en tranches minces, et je déclame avec des éclats de voix espacés, comme si je rencontrais régulièrement une fève. Le résultat ne se fait pas attendre. La patronne monte les escaliers, s'assied sur la dernière marche et m'écoute.

Et je l'entends dire :

— C'est moi qui voudrais avoir un petit mari comme ça !

Elle le dit gentiment, sans amertume, sans se plaindre d'une union mal assortie. De mon côté, je ne l'encourage pas vers l'adultère. Quand je veux qu'elle redescende, je cesse de déclamer, à moins qu'un voyageur importuné ne m'arrête, en frappant du bout de sa canne le plancher où je trépigne et que j'ébranle.

L'enchantement se brise comme cristal. La patronne retourne à sa loge. Je ferme un livre que je n'ai jamais pu finir. Le silence retombe et tout rentre dans l'ordre.

BLANCHE

Que les hommes sont fats ! Mes compliments pour votre conquête.

MAURICE

Je ne m'en vante point, mais elle en vaut une autre. D'où qu'ils viennent, les témoignages de sympathie flattent ma vanité. On ne s'offre pas tous les jours des femmes comme vous. J'ai pour principe de rester bien avec mes propriétaires. Une fois par mois, la patronne donne un coup d'œil dans ma chambre et l'enjolive. Je dois à son amabilité ces rideaux où un homme bêche, au moyen d'une barque.

BLANCHE

Et vous lui devez sans doute ces roses sur la cheminée ?

MAURICE

Soyez donc aimable. Je les ai achetées ce matin, en votre honneur, Madame.

BLANCHE

Merci, Maurice. Au fond, vous êtes exquis. Elles sentent fort bon.

MAURICE

J'en garantis la fraîcheur. Quoique d'une espèce commune, elles durent longtemps, si l'on prend soin de renouveler l'eau du pot.

BLANCHE

Le pot vous appartient ?

MAURICE

Ah non ! tout de même, j'ai meilleur goût. Quelle horreur, hein ? Je le livre à vos railleries.

BLANCHE

Certes le contenant ne correspond guère au contenu. Mais ce pot n'est pas vilain, il est plutôt bizarre.

MAURICE

Votre indulgence transforme toute ma petite mansarde.

BLANCHE

Au contraire, Maurice, elle m'a plu dès mon entrée. Et nous sommes bien dans une vraie mansarde, n'est-ce pas, au sens exact du mot ? et je pourrai dire maintenant : J'ai vu une mansarde ; je sais ce qu'on appelle une mansarde et j'y ai dormi.

III

LA TOILETTE

MAURICE

Blanche, n'avons-nous pas assez causé ? Si nous nous couchions !

BLANCHE

Maurice, un petit moment.

MAURICE

Dans ce petit moment perdu, nous pourrions mettre une éternité remplie d'un bout à l'autre.

BLANCHE

Une minute. C'est si doux d'échanger nos idées et de rapprocher bord à bord nos cœurs.

MAURICE

Mais nous ne savons plus que dire et la chute des paroles ressemble à celles des feuilles mortes, sur l'eau plate comme un papier glacé, quand il ne fait pas un souffle de vent. Chère Blanche, déjà la flamme de la bougie chauffe la bobèche. Couchons-nous, veux-tu ?

BLANCHE

Quel ennui que vous n'ayez point de cabinet de toilette !

MAURICE

Voulez-vous que je me tourne contre le mur ?

BLANCHE

Oui, là, je n'oserais jamais me déshabiller devant vous.

MAURICE

Capricieuse !

BLANCHE

Pour cette fois obéissez, et cachez-vous au creux de la fenêtre.

MAURICE

Comme ceci. Par les fentes des persiennes, j'apercevrai peut-être, en guise d'étoile, la lampe d'une servante attardée dans sa cuisine.

BLANCHE

Votre fenêtre ouvre donc sur la cour ?

MAURICE

Toutes les fenêtres des mansardes sérieuses ouvrent sur la cour. Sans ce gros pâté de maisons, on aurait une belle vue, sur l'autre rue.

BLANCHE

Vous trichez. Ne regardez pas, il est trop tôt.

MAURICE

Quelle femme ! pardon, je ne recommencerai plus, et consciencieusement, je laboure la vitre avec mon nez.

BLANCHE

Cette eau, dès qu'on la verse, fait un bruit d'enfer.

MAURICE

Avez-vous fini ? Je n'entends plus rien. Est-ce que vous faites votre prière ?

BLANCHE

Ne plaisantez pas avec les choses sacrées, vous me froisseriez beaucoup. Quand j'aurai fini, je tousserai.

MAURICE

Je grille, Blanche. J'aurais dû vous dévêtir moi-même. Je suis plus adroit que vous.

BLANCHE

Patientez jusqu'au bout, ou je me rhabille. Seigneur ! que votre lit est haut ! Il touche le plafond.

MAURICE

Voulez-vous que je vous prête ma courte échelle ?

BLANCHE

Merci. La table suffira.

MAURICE

Vous y êtes ? Une, deux, trois.

BLANCHE

Comptez jusqu'à trente.

MAURICE

Ah ! tant pis, je fais demi-tour. Mais si, vous y étiez. Du moins, peu s'en fallait. Je n'ai vu qu'un pied.

BLANCHE

Riez, riez, cher et honnête garçon. Je vous suis reconnaissante de vos menues délicatesses. Elles m'émeuvent, et vous n'aurez pas affaire à une ingrate. Maurice, je vous attends.

MAURICE

A mon tour d'enlever mes voiles. Vous m'avez communiqué votre pudeur, et je cherche la façon de m'y prendre, pour ôter, sans vous paraître grotesque à travers le rideau, ma culotte.

BLANCHE

Je ferme les yeux.

MAURICE

Ouvrez-les au contraire, ouvrez-les tout grands. Je ne porte point de flanelle, et d'aspect ni trop, ni trop peu engageant, quand on ne considère que l'extérieur, je gagne beaucoup, si l'on passe outre, et je fais la volte, si l'on touche.

BLANCHE

On n'est jamais mieux loué que par soi-même. Pourquoi ouvrez-vous la porte ?

MAURICE

Pour mettre nos bottines sur le paillasson.

BLANCHE

Les miennes aussi ?

MAURICE

Aussi. Je ne suppose point que vous ayez l'intention de vous faire cirer demain matin, au coin de la rue, comme si vous veniez de passez la nuit dehors, en province.

BLANCHE

Que dira le garçon ?

MAURICE

Il dira : Mon Dieu, accordez-moi la grâce de cirer chaque matin et de faire brillamment reluire ces bottines odorantes.

BLANCHE

Grande bête !

MAURICE

Bonjour.

BLANCHE

Bonjour. Tu ne souffles pas?

MAURICE

Non, je veux te voir, toute.

IV

L'AMI OSOIR

BLANCHE

Maurice, on monte.

MAURICE

Chère Blanche, s'il te plaît, occupons-nous de nos affaires.

BLANCHE

Maurice, entendez-vous? On frappe.

MAURICE

Qui peut venir à cette heure?

BLANCHE

Mon Dieu! si on entrait!

MAURICE

Impossible, Blanche. J'ai donné deux tours de clef et j'ai poussé le verrou.

BLANCHE

On cogne de plus en plus fort. Je me cache sous les draps.

MAURICE

Je vais dire à cet animal qu'il s'en aille.

BLANCHE

Maurice, ne parlez pas, ne me compromettez pas, je vous en supplie. Si quelqu'un me savait ici, je serais perdue.

MAURICE

Je reconnais le coup de poing d'Osoir, un ami intime et discret, mais têtu, je vous préviens. Il vaudrait mieux le mettre au courant.

BLANCHE

Maurice, si vous dites un mot, je me jette par la fenêtre.

MAURICE

Bravo ! voilà une idée ingénieuse qui vous classe honorablement parmi les personnes de sang-froid, chère folle.

BLANCHE

Je suis folle. Mais pour l'amour de moi, Maurice, taisez-vous.

MAURICE

Je me tais. Posez votre main sur ma bouche et que l'ami Osoir démolisse, s'il veut, la maison.

OSOIR

Ouvre donc, Maurice. Dors-tu ? fais-tu le sourd ? Tu es rentré, puisque tes bottines sont là.

BLANCHE

Il écrase nos bottines, les bottines indicatrices.

MAURICE

Ça n'a point d'importance. D'abord, je peux très bien, sans qu'on me traite de banquier, posséder deux paires de bottines. Ensuite le couloir est si mal éclairé, qu'Osoir ne distingue pas les vôtres des miennes.

BLANCHE

Chut ! plus bas !

OSOIR

Que c'est fort de faire poser les gens ! Si tu es couché, relève-toi. Il patouille dans la rue à ne pas mettre son chien dehors. Il pleut comme du chien et je suis trempé comme un chien. Ouvre donc.

MAURICE, *bas.*

Je t'écoute, pour que toute ta meute s'égoutte sur notre descente de lit.

OSOIR

Ouvre, ou j'enfonce la porte et je flanque ton matelas sens dessus dessous. D'ailleurs, j'ai à te parler.

BLANCHE

Il n'a rien à vous dire. Il veut vous attraper.

MAURICE

Pauvre garçon ! il lui tombe peut-être un duel.

BLANCHE

Qu'il s'arrange seul. Maurice, je vous défends de risquer votre vie.

OSOIR

Ouvre, es-tu mort ?

MAURICE, *bas.*

Oui, pour quelque temps.

OSOIR

Ou n'es-tu que malade? J'y pense; tu dois être malade. Si tu n'ouvres pas, humanité oblige, sur-le-champ, je réveille un serrurier.

BLANCHE

Quel nigaud!

MAURICE

Lui, très intelligent, au contraire. Point d'esprit, mais du fond. On l'apprécie lentement. Il a besoin d'être expliqué.

BLANCHE

Il va tout gâter. Un autre devinerait.

MAURICE

C'est manque d'habitude de sa part.

Vous ai-je trompée en affirmant que je n'amène jamais de femme chez moi ? Il s'y fera. Blanche, à force de chuchoter, je m'étrangle. Finissons, par crainte du serrurier.

BLANCHE

Puisqu'il le faut ! De la prudence, Maurice ! trouvez un prétexte qui sauve tout.

MAURICE

Laissez-moi faire. C'est toi, Osoir ?

OSOIR

Tu t'en doutes déjà ?

MAURICE

Et qu'est-ce que tu veux, mon vieux ?

OSOIR

Tu te moques de moi, maintenant !

MAURICE

Vraiment, tu le mérites. Une boule

de biliard a plus de nez que toi. Je ne reçois pas ce soir. Repasse une autre fois. J'ai quelqu'un.

BLANCHE

Oh ! je ne sais plus où me fourrer.

OSOIR

Comment, quelqu'un ? Qui ça ? Ah ! Oh ! parfait, j'y suis. Compris, incroyable. Encore un ami fichu. Ça devait t'arriver comme aux autres. Flambées, sans bruit, les résolutions ainsi qu'une traînée de poudre répandue sur la table. Jamais de femme chez soi ! s'en servir, pas s'y asservir. Ouiche ! Et dire que je finirai comme toi ! Enfin, compliments. Peut-on voir ?

MAURICE

Veux-tu t'en aller, imbécile !

OSOIR

De la fierté ! sérieux, alors. Mince,

excuses ! Dérangez pas. Femme du grand monde, titrée peut-être ! Complet. Beau début. Monsieur, Madame, au plaisir ! je vous en souhaite. Après vous. Chacun son tour. Quel malheur ! Quel malheur !

MAURICE

C'est un fait exprès. Le cochon a bu, pour la première fois de sa vie. Le vin ou l'absinthe lui produit un effet étrange. Il bégaie. Il glousse. Il secoue la tête, et sa voix s'égrène en perles fausses qui dégringolent les escaliers.

Blanche ! Blanche ! où êtes-vous ? Pourquoi pleurez-vous ?

BLANCHE

Je meurs de honte à me voir tombée si bas ! Cet homme m'a traitée comme la dernière des dernières.

MAURICE

Il est ivre. Il ne vous connaît pas.

Vous ne le connaissez pas. Sa grossièreté peut-elle vous offenser? Prend-on la campagne en horreur à cause de quelques flaques d'eau croupie? Blanche, bouderez-vous jusqu'à l'aube?

BLANCHE

Ah! si j'avais su! Le châtiment commence. J'expie ma faute.

MAURICE

Quelle faute? Quel châtiment? Si vous aviez su quoi? C'est la visite tardive de mon ami Oşoir qui vous met en cet état! Blanche, approchez votre visage douloureux, afin que je le sèche au feu du mien et que, sous une tendre pression, j'étouffe vos précoces remords.

CRIS DANS LA NUIT

I

CRIS DANS LA NUIT

MAURICE

Maman ! maman !

BLANCHE

Pourquoi m'appelles-tu maman ? Je te défends de m'appeler maman. Je ne suis pas ta mère. Il me semble que nous commettons un sacrilège, sous une voûte d'église.

MAURICE

Je veux t'appeler maman, ma petite maman à moi. Ce mot passe tout seul entre mes lèvres. Il y a des syllabes si frêles !

BLANCHE

Je crains que tu ne m'appelles ainsi parce que j'ai quelques années de plus que toi. Et puis, que dirais-tu, si je t'appelais papa, moi ?

MAURICE

Ton cerveau travaille. Écoute plutôt comme je prononce le mot : Maman ! maman ! Il s'envole de ma bouche aussi aérien qu'une tête de chardon.

BLANCHE

Comme ça, je veux bien, parce que tu sais, si je ne cache pas mon âge, je diffère de ces femmes qui disent en minaudant : Je pourrais être votre mère.

MAURICE

Recouche-toi dans tes cheveux.

II

MAURICE

Viens donc !

BLANCHE

Je suis là, près de toi, contre ta poitrine.

MAURICE

Je te dis de venir.

BLANCHE

Mais je te serre de toutes mes forces.

MAURICE

Ah ! c'est comme si je chantais.

BLANCHE

Pourquoi t'arraches-tu ? pourquoi te

lèves-tu sur tes genoux, menaçant, les traits tirés, l'œil mauvais? Tu me fais l'effet d'un fauve. Tu me remplis d'angoisse et je n'ose plus te tendre les bras.

MAURICE

Veux-tu venir, oui ou non?

BLANCHE

Voilà! voilà!

MAURICE

Tu me réponds : « Voilà! voilà! » comme une servante effrayée par sa maîtresse en colère, mais tu ne viens pas.

BLANCHE

Je ne comprends plus, Maurice. Pourtant, je t'aime.

MAURICE

Tu m'aimes et tu restes là-bas, loin

de moi, à des lieues, à des journées de marche de moi et je fais de vains efforts pour te rejoindre.

BLANCHE

Qu'est-ce que cela signifie? Je me presse sur ton cœur à passer de l'autre côté.

MAURICE

Tu t'éloignes au diable! Ta forme, quand je crois la tenir dans mes mains, se disperse aux quatre vents. Jamais je ne pourrai pleinement te saisir.

BLANCHE

C'est une maladie. Si tu as des attaques maintenant, me voici bien.

MAURICE

Il me faut y renoncer. Deux paralytiques qu'on lierait étroitement avec des cordes resteraient, moins que nous, étrangers l'un à l'autre.

BLANCHE

Tu trouves folichon ce que tu dis là, mon Maurice; si tu m'invites chez toi, pour me glacer le sang dans les veines, demain je garderai la chambre.

MAURICE

Ne fais pas attention, maman. J'ai besoin de débiter ainsi, au moment suprême, des sornettes. C'est ma façon à moi de mourir. Après, au réveil, je demeure longtemps confus.

III

BLANCHE

Tu me grises, mais je ne t'aime pas.

MAURICE

A ton tour, répète un peu ce que tu viens de dire, si tu veux que je saute du lit, que je me rhabille et m'en aille.

BLANCHE

Mon Dieu ! qu'est-ce que j'ai dit ?

Elle ne sait plus. Voulait-elle essayer de se reprendre, et pour s'excuser à ses yeux, feindre la surprise, l'étourdissement. Voulait-elle limiter la part de Maurice et se donner la joie de l'inquiéter ?

Criait-elle simplement par instinct, afin de jeter un cri, pour rien du tout ?

Mais quand elle voit Maurice se dresser sur le lit,

penaud et prêt à quitter la place comme une place retenue, elle l'entoure de ses bras et l'attire et le force de retomber.

— Maurice, dit-elle, mon petit Rice, je suis une grosse bête. Ça m'a échappé !

LA MISE AU POINT
DE LEUR AMOUR

LA MISE AU POINT DE LEUR AMOUR

MAURICE

Blanche, te tuerais-tu à cause de moi ?

BLANCHE

Quelle question ! pourquoi me tuerais-je à cause de toi ?

MAURICE

Je te demande cela, parce que je voudrais savoir jusqu'à quel point nous nous aimons. J'ai lu de nombreuses descriptions d'amour. Tu en as lu quelques-unes. Peuvent-elles s'appliquer au nôtre ? En un mot, nous aimons-nous comme on s'aime dans les livres ? Évidemment non, n'est-ce pas ?

BLANCHE

Tu m'embarrasses. Veux-tu dire que nous nous aimons moins bien que dans les livres ou d'une manière différente ?

MAURICE

Je veux dire ceci : Lorsque tu prononces ces mots « je t'adore », qu'entends-tu par là ?

BLANCHE

J'entends que je t'aime beaucoup.

MAURICE

Oui, c'est une autre façon de parler. Tu ne fais que changer d'expression. Il ne faudrait point me méprendre, et compter, par exemple, que si je te quittais, tu mourrais.

BLANCHE

Et toi, si je te quittais, mourrais-tu ?

MAURICE

Franchement, je ne le crois pas.

BLANCHE

Mais tu souffrirais, comme moi. Quand je songe à ton départ possible, j'ai le cœur serré. J'éprouve d'avance un gros chagrin.

MAURICE

Moi aussi, et nous n'imaginons rien de plus, nul fracas, aucune vengeance éclatante.

BLANCHE

A quoi bon dramatiser la vie?

MAURICE

Nous ne sommes pas de l'école cruelle. Nous sommes de l'école bonne-enfant.

BLANCHE

Bien entendu, sauf ces réserves, nous nous aimons autant que d'autres.

MAURICE

Certainement. Une seule réflexion me trouble. Sans doute les livres exagèrent, mais le journal quotidien enregistre, à la colonne de ses faits divers, des scandales, des aventures romanesques qui finissent tragiquement. J'admets que le journal brode aussi. Pourtant il demeure prouvé que certains amants jaloux, toujours fiévreux et prompts à s'égorger, bientôt las de vivre, se couchent enfin sur leur lit, s'aiment une dernière fois et attendent la mort près d'un réchaud allumé. Voilà qui me confond. Ces passionnés s'aimeraient-ils plus que nous ?

BLANCHE

Mon chéri, les gens qui se suicident n'ont pas leur tête à eux. Ce sont des fous.

MAURICE

Et nous sommes les sages. Ton bon

sens et le mien nous interdisent de pareils excès.

BLANCHE

Dieu merci !

MAURICE

Nous nous aimons raisonnablement, avec calme et solidité.

BLANCHE

Pour la vie !

MAURICE

Tope cinq sous. Encore une question, Blanche. A propos, pourquoi m'aimes-tu ?

BLANCHE

Parce que tu es beau.

MAURICE

Oh ! ne te force pas, je t'en prie. J'exige une énumération précise.

Recommence : je suis sur la sellette parce que...

BLANCHE

Parce que tu es distingué et de tournure aristocratique; parce que tu es intelligent et que tu as réponse à tout; parce que tu ne jures jamais, que tu parles poliment aux femmes, sans garder ta cigarette à la bouche; parce que tu mets des gants; parce que tu soignes tes ongles; parce que tu danses à ravir; parce que tu ranges tes affaires en te couchant; parce que tes jarretelles noires empêchent tes chaussettes de tomber sur tes souliers; parce que des bretelles de soie soutiennent, de jour, ton pantalon, et que, la nuit, un étendeur en efface les godets; parce que tu portes toujours un chapeau haut de forme; parce que tu as les cheveux courts, la moustache vierge, le nez long (ça m'amuse de tirer ton nez), des oreilles grandes comme des coquilles Saint-Jacques, une gueule d'or et des yeux jaunes pour mener les poules sur les chaumes. Enfin parce que tu écris bien les adresses.

Je ne trouve plus. A ton tour, maintenant, Maurice, pourquoi m'aimes-tu ?

MAURICE

Je t'aime en gros, en bloc. Je ne perçois pas les détails. Quelle est la couleur de tes yeux et de tes cheveux, je n'en sais rien. Qu'importe la forme de ton nez ? Une dent ne compte ni en plus, ni en moins. Large ou petite, ta bouche ne me désoblige que si elle bâille. Est-ce que je noue mes doigts aux tiens pour prendre ta pointure et vais-je mesurer tes pieds avec un décimètre ? Entre nous, le mauvais goût de l'artiste qui, depuis Ève, glorifie les pieds de la femme, se conçoit-il ? Relis donc ce que tu écris, poète. Cesse de chanter, le nez en l'air, comme un écervelé. Baisse la tête et considère, enfin de près, froidement, le pied fade de ta maîtresse quand elle sort du bain.

BLANCHE

Tais-toi. Je vomirais.

MAURICE

Je ne pose point. Tu peux te casser une cheville et remplacer ton pied de chair et d'os par un pied en bois de rose, je n'y perdrai rien.

BLANCHE

Et quelles sont tes idées sur la taille ?

MAURICE

Dès qu'une guêpe m'agace, j'ouvre mes ciseaux, et je la coupe en deux, net.

BLANCHE

Réponds. Tu ne me trouves pas un peu forte ?

MAURICE

Comment, un peu forte ? Au contraire, je te sais gré de me remplir les bras. Va, il est inutile que tu règles tes appétits. Mange et bois, épanouis-toi.

BLANCHE

Je ne me gêne pas. Aucune femme ne se serre moins que moi. Regarde. On mettrait le poing sous mon corset.

MAURICE

Tant pis. Tu gaspilles l'espace. Accrois encore ta puissance et que nos étreintes soient telles que l'air même ne passe plus.

BLANCHE

Moi, je t'aime ainsi; mais quelqu'un qui t'entendrait, te traiterait de vulgaire sensuel.

MAURICE

Je me flatte de l'être et de tirer, en

bon maître habile, tout le profit que je peux des divers sens à mon service.

BLANCHE

Je t'approuve. En ce qui me concerne, tu le sais, je ne dédaigne pas la gaudriole. Seulement, il y a autre chose que le corps. Il y a le cœur et l'âme. Mon corps te plaît, j'en suis fière; mais, dis-moi, Maurice, aimes-tu un peu mon cœur, aimes-tu un peu mon âme?

MAURICE

Oui, ma belle maîtresse, je t'aime avec toutes tes dépendances. J'aime ton corps, et j'aime ton cœur et ton âme par-dessus le marché.

LES MANŒUVRES DU GOUVERNEMENT DÉVOILÉES

LES MANŒUVRES DU GOUVERNEMENT DÉVOILÉES

MAURICE

Je l'ai vu, Blanche, ton gouvernement. J'ai vu sa redingote sévère et son parapluie. Ne mens pas. Hier soir, il est entré chez toi à cinq heures et il est ressorti à six heures moins le quart. Je le trouve encore vert.

BLANCHE

Tu m'espionnes.

MAURICE

Je me renseigne moi-même, puisque j'ai pris l'engagement de ne plus t'interroger. Mais comme je sais tout, tu peux tout dire. Rassure-toi. Je ne suis pas jaloux. Au contraire. Je voudrais connaître ce brave homme. Il m'a produit une excellente impression. Quand vient-il te voir ?

BLANCHE

Chaque mois, vers la fin, régulièrement.

MAURICE

Comme un périodique. Est-il marié ?

BLANCHE

Recevrais-je un homme marié sans sa femme ?

MAURICE

Et *vice versa*. Que fait-il ?

BLANCHE

Il va tous les jours à son bureau.

MAURICE

Ça, c'est original. A quel bureau ?

BLANCHE

Tu m'en demandes trop. Je le crois très puissant. Sans cesse, il envoie des dépêches à droite et à gauche. Il a des relations au ministère. Lequel? je ne sais plus. Les noms des ministres et moi, nous sommes brouillés. Je les mets tous dans le même sac. D'ailleurs, mon vieil ami me parle peu de ses affaires.

MAURICE

Comment s'appelle-t-il?

BLANCHE

Guéreau.

MAURICE

Son petit nom?

BLANCHE

A son âge, on n'a plus de petit nom. Moi je l'appelle monsieur Guéreau.

MAURICE

Toujours ?

BLANCHE

Mais oui, toujours. As-tu fini de jouer au juge d'instruction ?

MAURICE

Ça me divertit. Tu peux bien me laisser me divertir un brin. Et que faites-vous.

BLANCHE

Rien, que veux-tu qu'on fasse ?

MAURICE

Il ne te baise que le bout des doigts.

BLANCHE

A peine. Nous causons surtout. Il parle bien, me donne des conseils, me dit de songer à mes intérêts, et me met en garde contre les mauvaises liaisons.

De plus, c'est un musicien de premier ordre et, quelquefois, il apporte son violon.

MAURICE

Et après ?

BLANCHE

Ça ne suffit pas ?

MAURICE

Enfin, quand la conversation tombe, tombes-tu avec ?

BLANCHE

J'attendais le gros mot. Tu penses tout de suite au vilain. Pourtant il y a autre chose dans la vie. On trouve des gens propres, mon cher. M. Guéreau sait se tenir. C'est un ami paternel qui m'aime pour moi, non pour lui, et je ne te cache pas qu'il m'inspire une durable sympathie dont il se contente.

MAURICE

Il est modéré.

BLANCHE

Oh ! j'ai de la chance. Les hommes corrects se font si rares ! M. Guéreau conserve les manières du siècle dernier.

MAURICE

Et jamais il ne t'adresse un mot plus brûlant que l'autre ?

BLANCHE

Est-ce une raison, parce qu'on aide une pauvre femme à vivre, pour lui manquer de respect ? Sûr de passer une heure chaque mois, en compagnie d'une femme point désagréable, qui lui montre gai visage, l'écoute avec complaisance, lui offre une tasse de chocolat, et sans larmoyer, sans même étaler une gratitude bruyante, lui permet de mener à sa guise, comme il l'entend, délicatement, une action généreuse, M. Guéreau tient plus à moi qu'à une vulgaire maîtresse.

MAURICE

Pourtant, s'il apprenait notre amour...

BLANCHE

Il le devinerait qu'il ne ferait rien voir.

MAURICE

Homme admirable ! Une dernière question. Mais comme on demande à un bébé : Lequel aimes-tu mieux, ton papa ou ta maman ? je la pose pour rire. Si je vous priais, quitteriez-vous M. Guéreau ?

BLANCHE

Maurice, souvenez-vous de votre promesse.

MAURICE

Puisque c'est pour rire.

BLANCHE

Alors je réponds sérieusement. Non, je ne le quitterais pas.

MAURICE

Même si je vous offrais de m'épouser, de partir avec moi, de me suivre en Algérie, où la vie est si bon marché ?

BLANCHE

D'abord, j'ai horreur du déplacement, et je manque de génie colonisateur. Ne dites pas des niaiseries.

MAURICE

Bien répondu. Si j'insistais, j'aurais la tête dure.

BLANCHE

Je te fâche ?

MAURICE

Du tout. Je le déclarerais devant

M. Guéreau. Je sais bien que lui et moi, c'est différent. Je lui serrerais la main et je lui dirais : « Monsieur Guéreau, nous sommes deux à vous estimer. »

BLANCHE

De son côté, il est homme à t'apprécier.

MAURICE

Si tu nous présentais ?...

BLANCHE

Je n'en chercherai pas l'occasion, mais je ne l'éviterai pas.

MAURICE

En effet, notre confrontation n'offre point d'intérêt. Je plaisante. Pardonne-moi ma petite enquête taquine et mesquine. Je ne voulais que t'éprouver. Tu pouvais m'envoyer promener et je te remercie de ta patience.

BLANCHE

A la bonne heure. Un moment j'ai craint des complications. Les hommes qui ont le plus d'esprit en ont parfois si peu !

MAURICE

C'est la réaction. Les femmes ont plus de jugeotte et c'est surtout de jugeotte qu'on a besoin en certain cas.

BLANCHE

Alors rien ne cloche, derrière ce front, sous ce crâne ? Tu es heureux ?

MAURICE

Je suis heureux ; et toi, es-tu heureuse ?

BLANCHE

Je suis heureuse.

MAURICE

Donc nous sommes heureux, par la grâce de Dieu !

L'INÉVITABLE LETTRE

L'INÉVITABLE LETTRE

Ma chère Amie,

Ne vous fâchez pas avant de m'avoir lu et compris.

Je trouve que, d'ordinaire, les amants qui veulent rompre emploient une mauvaise méthode, d'indélicatesse et de lâcheté.

La dame ne dit rien. Ça l'ennuie d'écrire. Elle ferme sa porte, et part en voyage; on ne la revoit plus.

Le monsieur qui se croit du style fait des brouillons. Il les déchire, les recommence, et se décide à mettre sous enveloppe, sans un mot, des billets de banque. C'est commode quand on en a et que la femme aime l'argent?

Or, vous ne l'aimez guère et je n'en ai point.

Je vous dois donc une lettre, où je séparerai nos deux cœurs, comme les moitiés d'un fruit mûr. Cela vous fera mal, je crierai peut-être, je vous semblerai révoltant, mais vous serez contrainte d'admirer ma franchise et mon courage. Comme il m'en faut !

Si nous en restions là!

Hier, près de vous, je jouais l'homme fort, je riais, j'avais de l'esprit ; je retenais mal mes doigts impatients de courir le long de votre noble corps. Pouvais-je me soucier d'un monsieur absent ?

Mais, vous partie, ce monsieur a pris votre place, et comme je me promenais dans ma chambre, de la porte à la fenêtre, il m'a dit, posant le bout du doigt sur mon bras :

— Nous sommes deux.

Il souriait, le vieux, très poli, l'air

hardi, plutôt que méchant. Il répétait :

— Oui, nous sommes deux. Je compte pour un.

Il semblait dire encore :

— Moi, je ne demande point l'impossible. Je suis content de ma toute petite part. L'âge rend sage et je trouve naturel qu'un jeune homme prenne la part qui reste, la plus grande, s'il me laisse la mienne. Et vous aussi, j'espère, vous trouverez naturel que je ne la lâche plus.

Ainsi murmurait le vieux aux lèvres exsangues.

Naturel ? Qu'entend-il par là ? Le sens du mot m'échappe et, depuis ce matin, je cours après.

Ah ! je ne récrimine pas. Vous m'avez loyalement averti : c'était à prendre ou à laisser. Ou à laisser !

Laisser aux autres, sans y goûter, une femme pleine de promesses. Mettez-vous à ma place.

J'ai préféré prendre.

Et, à votre contact, j'ai ressenti une telle secousse que longtemps je pouvais en demeurer étourdi. Mais, de nouveau, le vieux sifflait, plus bas, d'autres mots que je refusais d'écouter :

— Je comprends tout. Je ne lui suffisais point. Autant vous qu'un autre. Elle restera tranquille. Aimons-la. Ne vous inquiétez de rien. Je paye. C'est si naturel.

Ce n'est pas naturel du tout. Loin de me rassurer, ce vieux m'écarte les paupières et la vérité pénètre.

Je n'exagère rien. Je ne m'accable pas d'injures, mais je suis désormais comme un homme timoré ayant des idées trop peu larges pour recouvrir des scrupules qui dépassent.

Rompons donc, ma triste Amie. Emportons chacun nos souvenirs, comme deux baigneurs qu'on dérange, sur le point de se rafraîchir dans une eau pure, loin du soleil et des regards, se sauvent après avoir ramassé leurs vêtements.

Et j'ajoute... Mais aidez-moi. J'ai besoin de toutes mes forces. Joignez-y vos encouragements. Le morceau ne passe pas. Il me semble que je vais vous apparaître dans toute ma laideur, et que votre estime s'envolera loin de moi, comme un oiseau blessé, avec un grand cri.

Ah ! tant pis.

Je m'exécute :

— Épousez M. Guéreau.

C'est cela, gesticulez, trépignez, indignez-vous. J'y comptais bien. Et puis, calmée, écoutez-moi. Je répète :

— Épousez votre vieux.

Pourquoi pas ?

Je ne dis point :

— Épousez-le tout de suite, demain matin au saut du lit.

Je dis :

— Travaillez déjà le bonhomme. Amenez-le à vous épouser de son propre mouvement. Je ne l'ai qu'entrevu, mais, ou je me trompe fort, ou il fera un suffisant mari.

Notez que votre situation manque de solidité. M. Guéreau vivant ne vous abandonnera pas, je le crois. Qu'il meure et vous êtes seule, et la misère qui vous épouvante entre chez vous, brusquement, sans frapper. Plus j'y réfléchis et plus je me persuade que vous êtes née pour le mariage. Vos solides qualités vous y destinaient.

Et perdons un moment de vue la vie pratique. Considérons celle du cœur. Sans mari, vous verrez lentement se dessécher le vôtre.

Dix années encore, vingt peut-être, vous porterez en vous une source d'émotions que personne ne tentera d'utiliser pour embellir son domaine de bonheur.

Car, si un autre que moi vous aime, il aura les mêmes scrupules que moi, et s'il ne les a pas, il sera indigne de vous.

Croyez-vous, Blanche, que je doive m'arrêter, vous offrir mes hommages respectueux et signer cette lettre : *Votre dévoué Maurice?*

Mais j'en garderais la nausée. Je veux nettoyer ma plume trempée dans la poix, et je veux, afin de me purifier la main, retracer une dernière fois, pour moi, en lignes amoureusement soignées, votre image parlante.

Vous êtes belle et vous êtes bonne.

Vous êtes si indulgente pour les défauts d'autrui, qu'on aime les vôtres.

Vous mentez, à propos, sans mauvaise foi, c'est-à-dire que vous cachez la vérité, quand elle blesserait, quand elle vous semble une cause d'ennui, et qu'il vaut mieux qu'elle reste au puits.

Vous ne vantez point votre esprit. Vous souhaitez qu'on dise de vous : c'est une femme agréable, et non : c'est une femme supérieure.

Vous médisez de vos amies utilement, si vous croyez qu'elles ont commencé les premières, et non pour le plaisir de médire.

Vous aimez la toilette, parce que vous lui allez, le théâtre, lorsqu'on y rit, et le monde, car une femme de votre âge ne peut pas vivre comme un loup.

Vous détestez les chats et vous ne supportez que les gros chiens serviables qui sont de taille à coucher dehors.

Vous ne jouez d'aucun instrument.

Vous ne vous connaissez ni en art, ni en sport et vous n'avez pas d'opinion sur les littérateurs, des hommes comme les autres, après tout.

Quand vous écrivez le billet nécessaire, on dirait que le bec de votre plume pique maladroitement des graines de cassis et les écrase sur le papier.

Et vous ne lisez que les livres dont la lecture repose le teint.

Vous craignez comme la foudre les explosions d'amour, et vous aimez qu'on vous aime finement, qu'on vous offre parfois deux sous de violettes, un baba au rhum, un bout de ruban, une promenade en voiture, et qu'on ait pour vous ces petites attentions sans prix, qui font plus chaud au cœur des femmes que le duvet à leur cou.

Vous ne vous mettez jamais en colère et vous céderiez tout de suite, sans discussion, pour avoir la paix, à l'homme qui s'avancerait sur vous, les yeux injectés de sang, tandis que son visage émettrait une lumière verte.

Vous êtes paresseuse en toute justice, parce qu'il vous semble que le rôle d'une belle femme consiste à rester belle, et qu'on lui doit, sans même qu'elle le demande, les habits, l'argent de poche, la nourriture et le logement.

Vous êtes la femme que je rêvais.

Et je vous quitte et je vous donne.

A peine ai-je eu le temps de vous embrasser.

Comme un visiteur gauche repasse

dans son esprit ce qu'il aurait dû dire, je vous parcours des cheveux aux pieds et je me dis :

— C'est là spécialement que j'aurais dû poser les lèvres. Là aussi. Là encore, partout.

Et courbé, abîmé, je n'aurais pas dû relever un seul instant la tête.

Belle et bonne amie, je suis à bout.

Je ne relirai pas ma lettre. Je veux qu'elle vous arrive ce soir, avant que vous ne preniez, comme d'ordinaire, votre petit sac à doublure rouge, pour venir dans ma mansarde.

Déjà elle se glace et s'enténèbre, et si j'ose y parler haut, j'entendrai peut-être une voix lugubre.

Longue vie, Blanche !

Adieu.

DÉNOUEMENT POSSIBLE

DÉNOUEMENT POSSIBLE

BLANCHE

Je te trouve fatigué, ce soir, mon Maurice, et pâlot, Qu'as-tu ?

MAURICE

Je me suis piqué, Blanche.

BLANCHE

Où ça ? Avec quoi ?

MAURICE

Avec une plume.

BLANCHE

C'est très mauvais. Il faut sucer vite. Montre voir ?

MAURICE

Je me suis piqué à la conscience.

BLANCHE

Ne dis donc pas de bêtises. Je veux savoir où tu souffres.

MAURICE

Je t'assure que je me suis piqué à la conscience. Je la sentais grosse, boursouflée, oppressante. Cela lui arrive quelquefois. Je l'ai percée avec ma plume. Tout de suite elle s'est dégonflée, et le mauvais sang parti, je vais mieux.

BLANCHE

Amuse-toi, mon ami, mais sache que tu n'as aucun mérite à te payer ma tête. Je suis sans défense, et je manque de réplique. C'est une manie chez toi de parler par le chemin le plus long. Déroule tes machines obscures. Je m'assieds.

MAURICE

L'opération me réussit toujours. Il suffit que j'y pense. Aussitôt le vent qui me gênait s'enfuit. Je marche comme un homme de poids ordinaire, et brusquement, le monde dont je voyais pile se retourne sur face.

BLANCHE

Tu as la migraine. Ta chambre sent le renfermé et le brûlé.

MAURICE

En effet, j'ai brûlé du papier.

BLANCHE

Des lettres de tes anciennes maîtresses, je parie ?

MAURICE

Non, un papier où mon épanchement de tout à l'heure avait fait des taches.

BLANCHE

Mon Maurice, tu n'es pas bien; veux-tu sortir un peu pour prendre l'air ?

MAURICE

J'aime autant me coucher, et toi ?

BLANCHE

Moi, j'aime mieux. Couchons-nous. J'ai gardé pour cette nuit une fine chemise de jour que tu préfères, sans col et sans manches, avec un nœud rose.

TABLE

TABLE

LES IMPRIMERIES LAINÉ ET TANTET, CHARTRES, 21-I-1927.

www.ingramcontent.com/pod-product-compliance
Ingram Content Group UK Ltd.
Pitfield, Milton Keynes, MK11 3LW, UK
UKHW031903260826
14628UKWH00002B/970

9 782329 084589